POËME

Par Jules CASSINI

Lauréat de Poésie

Une Excursion

A L'ÉCOLE

DES SOURDS-MUETS

DE LA

GRANDE-CHARTREUSE

Prix : 1 fr. 50

AVIGNON

TYPOGRAPHIE ET LITHOGRAPHIE A. GARAGNON, RUE DE LA RÉPUBLIQUE

1888

POÈME

Par Jules CASSINI

Lauréat de Poésie

Une Excursion

A L'ÉCOLE

DES SOURDS-MUETS

DE LA

GRANDE-CHARTREUSE

Prix : 1 fr. 50

AVIGNON

TYPOGRAPHIE ET LITHOGRAPHIE A. GARAGNON, RUE DE LA RÉPUBLIQUE

1888

Madame,

J'ai écrit ce petit livre en dehors de toutes préoccupations politique ou religieuse.

J'ai voulu seulement honorer le dévoûment humanitaire qui, quoiqu'étant de tous les partis, est bien au-dessus d'eux, et donner une idée des méthodes employées dans l'enseignement des sourds-muets, avec lesquelles on obtient, aujourd'hui, de si merveilleux résultats.

Daignez, Madame, l'accueillir favorablement, ainsi que l'assurance de mon profond respect.

L'AUTEUR.

UNE EXCURSION

A L'ÉCOLE DES SOURDS-MUETS

DE LA GRANDE-CHARTREUSE

Je voudrais avoir une lyre
Et sur le Parnasse chanter,
Tandis qu'il faut me contenter
Sous le bel instrument (DE DIRE).

JULES CASSINI.

PROLOGUE

Il est des missions vaillantes, glorieuses,
Ardentes dans l'amour des causes généreuses,
Qui s'en vont dans la Chine, au Sahara brûlant,
Dans l'Inde, en Australie, au nouveau continent
Prêcher l'humanité, combattre l'esclavage,
Instruire et relever le malheureux sauvage,
Peiner, lutter, souffrir et dont l'ambition
N'a qu'un seul et grand but : Civilisation.
   Pourtant, il est aussi de grands missionnaires
Près de nous, ignorés, modestes, solitaires,
Qui n'ont pas des premiers les libres mouvements
Ni des lointains parcours les moindres agréments.
L'existence, pour eux, n'est qu'un long sacrifice;
Ils n'ont d'autres plaisirs que d'éviter le vice
Et renoncent à tout, même à la liberté,
Pour le bonheur du faible et pour l'humanité.

Ces humbles immortels sont là-haut à Currière
Par Saint-Laurent-du-Pont, département d'Isère.
Enfin, je veux parler de l'ordre au rabat bleu,
Des Frères Gabriel, archanges en ce lieu.
Je veux conter leur foi, leur vertu, leur science,
Leur noble dévoûment, leur sainte patience,
Dire de leurs travaux les merveilleux effets,
Enfin, dire qu'ils font parler les sourds-muets.

Mais pour rendre plus beau, plus chrétien ce prodige,
La bienfaisance vient s'allier au prestige.

La libéralité des illustres Chartreux
Que l'on trouve partout où sont les malheureux,
A voulu faire une œuvre, ici, bien digne d'elle,
Et la Grande Chartreuse a, de plus, été belle,
Car c'est grâce à ses soins et par sa charité
Que l'on combat le mal, cruel, immérité.

Elle a d'abord fondé près d'elle cette école,
Et si Saint Gabriel y donne la parole,
Elle y donne de l'or, de l'or tant qu'il en faut
Pour que cinquante enfants sans argent ni trousseau
Y reçoivent toujours les soins, la nourriture,
Et les bonnes leçons qu'exige leur nature;
Puis, sa sollicitude et ses douces bontés,
Embellissent le sort de ces déshérités.

Voilà l'œuvre en un mot, n'est-ce pas qu'elle est grande ?
Qu'elle va jusqu'à l'âme et la touche et l'amende
Du fiel et de l'orgueil qui sont au fond du cœur?
Qu'elle console, enfin, et qu'elle rend meilleur ?

LE VOYAGE

Currière est de Grenoble à trente kilomètres,
Et sur tout le parcours, des merveilles champêtres,
Des pics ennuagés, des sites verdoyants,
Des bois mystérieux et des châlets charmants,
Ornent comme à plaisir la tortueuse route,
Qui tantôt sur un mont, tantôt sous une voûte,
Varie à chaque instant la beauté des tableaux ;
Et l'on voit, tour-à-tour, des palais, des troupeaux,
Des cascades d'argent, d'imposantes montagnes,
Des sommets désolés, de riantes campagnes,
Dont les prés embaumés tapissent les talus ;
Puis, des bancs de silex portant des bois touffus
D'où s'échappe un torrent roulant son onde vive
Et l'on entend sa voix monotone et plaintive
Murmurer ses regrets de quitter ces beaux lieux
Et jeter aux échos ses suprêmes adieux.
Ensuite, on voit, là haut, le clocher d'un village
Et sa petite église où grimpe le feuillage ;
De rustiques maisons aux toits gris, ardoisés,
Que dominent encor de grand coteaux boisés ;
Car elle a beau monter cette route tordue,
L'horizon est borné sur tous les points de vue,
Et lorsqu'on se croit près de pouvoir dominer
On aperçoit le mont qui s'y vient opposer.
  Mais si l'on ne peut pas jouir du grand spectacle
On a l'inattendu de traverser l'obstacle,
Car, par un souterrain qui lui perce le flanc
La route vers son but, poursuit directement.

La situation amène un grand contraste ;
On espérait, soudain, voir un horizon vaste,
Tandis qu'il faut marcher dans l'antre ténébreux
Où ne découvre rien l'œil le plus curieux.
Ce futile incident contient toute la vie.
L'homme est souvent plus loin du but qu'il envie,
Lorsqu'il va le tenir, quand il croit y toucher,
Que lorsque ses désirs étaient loin d'y songer.
Cependant, la clarté tout près se montre encore,
C'est un nouveau matin, une nouvelle aurore,
Et l'on est si content de revoir le grand jour
Que l'on oublie, enfin, l'humide et noir séjour.

A peine a-t-on franchi le seuil de cette artère
Qu'on marche sur le front d'une splendide sphère,
Et le regard pressé, la sonde jusqu'au fond,
Ravi d'étonnement et d'admiration.

Ce vaste cirque vert est un beau paysage ;
C'est le plus beau tableau qui soit dans le parage,
Le soleil le remplit, l'inonde de clarté,
Sa végétation est de toute beauté.

Les circulaires monts dont se forment ses lignes,
Sont couverts de sapins, de pommiers et de vignes,
Entrecoupés, pourtant, de mousse, de gazon,
Et tout-à-fait au centre est Saint-Laurent-du-Pont.

SAINT-LAURENT

Son église, déjà, paraît beaucoup plus haute,
C'est qu'aprésent la route a descendu la côte ;
Et quoiqu'encore loin du riche monument
On peut le distinguer, le voir entièrement.

Il est, certes, bien beau pour un petit village,
Mais il témoigne aussi du puissant voisinage
Et l'on croit deviner à l'effet magistral,
Que l'on doit aux Chartreux ce palais ogival.
  Ce pays si coquet aimé de la nature
Semble un lieu favori de villégiature;
Il a de verts fourrés, l'air pur et du soleil ;
C'est pour le doux repos un pays sans pareils.
Il est, pardessus tout, pastoral et tranquille ;
Des troupeaux de brebis qui passent à la file
S'en vont tout doucement brouter dans les grands bois;
Des vaches, des poulains, échappés, quelquefois,
Gambadent en tous sens dans le charmant village ;
Puis, ce nombreux bétail allant au pâturage
Occupe, tour-à-tour, pâtres et pastoureaux
Et les petits enfants caressent les agneaux.
Parfois on voit venir de fort belles voitures
Dont les chevaux poudreux ont de fières allures ;
Elles s'arrêtent là. Les riches visiteurs
Descendent vivement, mais aussitôt rêveurs,
Contemplent étonnés la cité bienheureuse,
Et s'en vont, tout joyeux, à la Grande Chartreuse.

Voilà quel est le bruit, quel est le mouvement,
Du très patriarcal pays de Saint-Laurent.

ROUTE DE CURRIÈRE

C'est par l'Est que l'on prend pour aller à Currière.
On rencontre bientôt une immense barrière

De monts accumulés recouverts de grands bois,
Et le chemin a beau se tordre cette fois,
Il monte encore trop pour être carrossable
Car il est, même à pied, à peine praticable;
Donc, à l'ascension il faut se résigner,
S'armer de patience et lentement marcher.
Mais vers le même point où la rampe commence,
Un blanc petit chemin prend aussi sa naissance,
Disparaît aussitôt dans un enfoncement
Et dans une heure, au plus, arrive au grand couvent.

Les Chartreux sont là-bas, saluons au passage
Et poursuivons plus haut notre pélérinage.

Le chemin est cassant mais on l'oublie un peu
Occupé que l'on est de cet étrange lieu ;
C'est dans une forêt magnifique, superbe,
Où des sapins géants semblent dormir dans l'herbe,
Que la route en zigzags s'enfonce entièrement,
Et l'on n'entend plus rien, plus rien absolument
Si ce n'est de ses pas le bruit mélancolique
Tout de suite perdu dans le grand bois magique.
Alors, on est saisi du silence absolu ;
On sent battre son cœur, on est irrésolu ;
De plus en plus la voûte assombrit la lumière
Et l'on se sent troublé comme dans un mystère.

Oh ! que l'homme est fragile et comme il est petit;
Un instant d'inconnu l'attriste et l'affaiblit.

Que cette route monte et comme elle est pénible,
Currière désiré, quand seras-tu visible ?

Est-ce par lassitude ou désir de te voir,
Que je languis ainsi, ne pourrais-je savoir ?
On m'avait dit, là-bas, c'est à cinq kilomètres,
Une borne, lisons : deux mille et cinq cents mètres.
Hélas ! je n'ai donc fait que bien peu de chemin.

Mais il me semble voir encore un souterrain ;
Quelques pas, en effet, on entre dans la grotte,
Peu profonde, pourtant, mais ni large ni haute,
Et l'antre, cette fois, vous fait presque plaisir
Car d'échapper au bois on a le grand désir.
Puis, un gouffre profond. Le regard se détourne,
Mais comme le chemin autour de lui contourne,
Il faut se décider au combat palpitant
Qui consiste à braver le terrible néant,
Ce grand vide, à la fois, épouvante et fascine ;
L'œil ne veut pas le voir et vers lui l'œil s'incline ;
Et c'est bien lentement, doucement, pas à pas,
Qu'il faut braver l'horreur. Courir ? On ne peut pas.
L'abîme est là, pourtant, mais la peur vous enchaine,
Et plus l'instinct veut fuir et plus il vous ramène ;
Son cercle s'élargit, il vous prend, il vous tient ;
Le regard s'obscurcit, le vertige vous vient;
La fascination amène le délire;
On ne peut même plus sentir si l'on respire;
Il semble que, déjà, l'on plonge et roule au fond,
Quand, tout-à-coup, revient encore la raison.
C'est la sensation, c'est la désespérance,
C'est la mort, c'est la vie et leur intermittence,
C'est l'épreuve qui serre et qui glace le cœur
Comme elle glace au front des perles de sueur.
Mais la route bientôt quitte le précipice ;
L'assurance renait; l'espoir d'un lieu propice

Console de l'émoi, délivre du danger ;
On va pouvoir, enfin, librement respirer.

Cependant, la forêt, commence à reparaître
Encore plus épaisse et plus triste, peut-être ;
Mais on est rassuré, plus tranquille et, bien mieux,
Qu'est-ce à côté d'un gouffre un bois silencieux ?
Et le chemin, toujours, vers la cîme s'élance,
Currière serait-il bien encore à distance ?
Mais où serez-vous donc, Frères Saint-Gabriel ?
Faudra-t-il pour vous voir monter jusques au ciel ?
Pourquoi vous reléguer ainsi dans la montagne,
Et pourquoi fuyez-vous loin de toute compagne ?

Un sentiment secret, soudain, me répondit
Ces mots que ma pensée incessamment redit :

« Parce que la prière est de haut plus précise,
« Que l'élévation immatérialise,
« Qu'il faut à la vertu le solitaire lieu
« Et qu'éloigné de l'homme on est plus prés de Dieu.»

Aussitôt tout ému je sentis en moi-même
S'agiter ce qu'on craint, murmurer ce qu'on aime,
Et cette sourde émeute élevant son brandon
Vint faire, sans merci, l'assaut de ma raison.
J'etais presque séduit par des charmes mystiques ;
J'entendais vers les cieux des appels angéliques,
Mais, j'écoutais aussi, du monde, tour-à-tour,
La voix de l'amitié puis les cris de l'amour
Me rappeler leurs droits, me dire leurs délices,
Me parler de serments, de fidèles prémices

Et la terre et le ciel, se disputant mon cœur,
Me rendaient soucieux, indécis et rêveur.
Dans ces réflexions, j'avance vers la cîme ;
Elle apparaît tout près ; mon esprit se ranime
Tandis que le grand bois et ses sombres rameaux,
S'abaissent sous mes pas, disloquant leurs arceaux.
J'arrive, enfin, au faîte, à la hauteur extrême
De ce mont colossal qui domime, suprême,
D'autres monts isolés, des plaines, des jardins,
Des pays, des torrents et des lacs de sapins.
La vue embrasse tout, elle est victorieuse ;
Elle dédaigne alors, la forêt ténébreuse ;
Seul on se voit planer ; seul on croit être grand,
Et l'on s'épanouit dans un ravissement.
L'œil ne peut se lasser de mesurer l'espace ;
Il veut scruter à fond cette grande surface ;
Contempler à loisir l'étonnante beauté
Et satisfaire, enfin, le cœur plein de fierté.
Mais un retour subit, comparant l'étendue
Qui s'étale à vos pieds jusqu'à perte de vue
A celle qu'on occupe à la place qu'on prend,
Change cette allégresse en un saisissement.
      Tout vous dit : «L'homme passe et la terre demeure,
Les siècles sont à moi, contente-toi d'une heure. »
Puis, cet isolement et cette immensité
S'adressent à votre âme et crient : « Éternité ! »

CURRIÈRE

Sous ces impressions on arrive à Currière.
Saurait-on mieux trouver un lieu pour la prière ?

C'est là, qu'est l'ex-couvent des vénérés Chartreux,
Où plusieurs Saints, jadis, firent leurs premiers vœux;
C'est là que les talents et les vertus Chrétiennes
Dénonçaient les erreurs des doctrines païennes ;
C'est là que tant d'efforts, de travail et de foi,
Luttèrent jusqu'au bout pour le Christ et sa Loi.
    Aussi, craint-on d'entrer dans l'austère demeure.
On hésite, on a peur, on se dit : — tout à l'heure.
On veut se consulter, encore réfléchir,
Et le cœur oppressé voudrait se repentir.
Mais, pourtant, l'examen apaise cette crainte ;
Pourquoi l'âme, après tout, serait-elle contrainte
A ne jamais jouir des mérites d'autrui ?
Elle compare, au moins, et puis, elle s'enfuit.

Je pénétrerai donc dans le vieux monastère
Et verrai ce couvent qu'on appelle Currière.

Depuis longtemps, déjà, les Pères l'ont quitté
Mais il est toujours fier dans sa simplicité ;
Car si la compagnie émérite et pieuse
L'a laissé pour aller à la Grande Chartreuse,
Il a, lui, son passé, même son avenir
Et sait bien que son nom au loin peut resplendir.
Ne lui reste-t-il pas, d'ailleurs, son droit d'aînesse ?
Et n'a-t-on pas pour lui, toujours de la tendresse ?
Puis, la Grande Chartreuse étant tout près de lui,
N'a-t-il pas de l'éclat dont la belle reluit ?
En outre, s'il n'a plus tous ces illustres Pères,
Du Grand Saint-Gabriel il garde les bons Frères.
Il abritait, jadis, la vertu, le talent
Et c'est la Charité qu'il garde maintenant.

L'aspect du bâtiment est sévère et tranquille
Quoiqu'il soit d'un accès avenant et facile.
J'entre donc, sans frapper, d'abord dans une cour
Que des murs inégaux enserrent tout autour,
Et là, comme étonné de ne trouver personne,
J'examine inquiet tout ce qui m'environne.
La porte du Couvent est fermée. Aucun bruit;
Pas de cloche d'appel et rien ne m'introduit;
Alors, en tâtonnant, je tourne l'édifice.
Tout est encore clos, même le bas office
Et je prends le parti d'attendre en circulant,
Dans l'espoir que quelqu'un viendrait en me voyant;
En effet, car bientôt s'approche un tout jeune homme.
Dont la bouche rieuse était un bon symptôme ;
Il avait dû me voir passer de son bureau ;
Bref, à la fois tous deux saluant du chapeau :
Monsieur le Directeur, lui dis-je, est-il visible ?
— Parfaitement, Monsieur, il vous sera loisible
De le voir à l'instant, voulez-vous lui parler ?
— Précisément,
                    — Venez, et j'irai l'appeler.
Nous pénétrons, alors, dans un long vestibule
Tout à peine éclairé d'un jour de crépuscule,
Où le bruit de nos pas se répétait sans fin,
Quand mon introducteur, là, m'arrête soudain.
Puis, d'un appartement m'ouvrant toute la porte :
— Avancez, me dit-il. Pendant qu'on vous apporte
De quoi vous rafraîchir, je vais vous annoncer.
A qui dois-je l'honneur d'obéir, de parler ?

Je m'empresse aussitôt de lui donner ma carte
Et lui, très gentiment, me salue et s'écarte,

Quelques instants après venait le Directeur ;
— J'avais dans mon bureau notre chef imprimeur
Dit-il, mais me voici tout à votre service.
Cette aimable rondeur et ce peu d'artifice
Aidèrent de beaucoup mes explications
Et je pus, tout d'un trait, exposer mes raisons.
   Alors, lui, reprenant, mais d'une voix plus tendre
Me répondit : — Monsieur, je suis ému d'entendre
Des accents aussi doux plaider pour le malheur
Et j'aime à ressentir ce qui vous tient au cœur.
Aussi, croyez-le bien, il m'est plus que pénible
De repousser vos vœux, car, il m'est impossible,
Malgré votre prière et votre appui zélé,
De recevoir l'enfant dont vous m'avez parlé.
Son père en m'écrivant m'a fait assez paraître
Les points essentiels qu'il me fallait connaître.
Et votre protégé n'est pas un indigent
Tandis que c'est cela que veut le règlement.
   Notre but, avant tout, est d'être charitables ;
Nous n'acceptons, ici, que les plus misérables,
Et puis, vous n'êtes pas inclus dans le rayon
Qui ne comprend, hélas ! que notre région.
   Tout cela, cependant, si j'avais une place
Ne m'empêcherait pas , quoique seul je ne fasse
D'accepter cet enfant, car le bon Procureur
Ne verrait, dans ce cas, qu'une juste faveur ;
Mais, je n'aurai, je crois, quand viendront les vacances
Que cinq ou six départs et j'ai soixante instances.
Vous voyez, n'est-ce pas ? que malgré mon désir
Vraiment, je ne puis pas vous faire ce plaisir.
Je n'avais, sur ce point, pas un mot à répondre
L'aimable Directeur venant de me confondre,

Et je me bornai donc à prier humblement
Qu'on me permit de voir l'école seulement.

Cette demande fut tout de suite accordée,
Car du cher Directeur je rencontrai l'idée,
Et lui-même voulut bien me faire l'honneur
D'être dès cet instant mon initiateur.
En sortant du salon nous croisions le jeune homme
Qui m'avait introduit — Celui-là me consomme,
Me dit mon conducteur, des livres, des papiers,
A lui seul plus que trois des autres écoliers.
Depuis longtemps, déjà, c'est un sujet hors ligne ;
Ah ! si vous l'entendiez quelle langue maligne !
Aussi, ses compagnons l'appellent babillard
Avec raison, ma foi, car il est bien bavard.

— Comment ! mais ce garçon serait-il muet ! fis-je,
— Il est sourd et muet complètement, vous dis-je.
— Mais ce n'est pas possible ! il est même éloquent ;
C'est lui qui le premier m'a parlé, là, devant ;
Il est venu vers moi, m'a conduit ; je vous jure
Que j'aurais volontiers soutenu la gageure
Qu'il était comme nous, car il m'a bien reçu
Et de rien d'anormal ne me suis aperçu.

— Quand on ne le sait pas, ça peut passer encore ;
Mais la voix n'est jamais naturelle et sonore
Et ce défaut maudit, reste chez les plus forts
Malgré tous nos travaux, malgré tous nos efforts.
Vous entendrez, d'ailleurs, chez les jeunes élèves
Comme le son est rauque et les réponses brêves.
Vous jugerez par-là de la difficulté
Qu'on a pour obtenir un peu de netteté,

— Mais mon cher Directeur, comment vous faire entendre
Puisqu'ils sont sourd-muets. Je ne puis pas comprendre
Comment on peut d'abord, leur donner les leçons
Et qu'eux, puissent, enfin, articuler des sons.

— Dès le début l'enfant est toujours réfractaire,
Là, vous avez beau dire et vous avez beau faire
Il ne vous comprend pas, ne saisit rien de rien
Et déroute parfois, le fort praticien.
Il semble qu'en lui-même il se dit — « Est-il bête
« Celui-là ! que veut-il ? quelle drôle de tête,
« Il est toujours taquin, ne fait que grimacer ;
« Comme ce méchant-là commence à m'agacer ! »
Dès qu'il nous aperçoit, il est en méfiance;
Si nous nous approchons, il se tient à distance,
Puis se met à pleurer, fuit le regard surtout,
Et si l'on persistait, il en deviendrait fou.
Nous renonçons, alors, pendant une semaine
A tout ce qui pourrait lui faire de la peine
Sans cesser, toutefois, de nous l'intéresser
En essayant, toujours, de le faire amuser.
L'épreuve autant qu'à lui nous est désagréable ;
Pourtant, que voulez-vous ? elle est indispensable
Pour connaitre l'enfant et savoir tout d'abord
S'il est intelligent, naïf ou bien retort.
Une fois qu'on a pu saisir son caractère
On applique envers lui telle ou telle manière
Et par suite de temps, et surtout, de douceur
On peut atteindre, enfin, l'essentiel : le cœur.
Alors, il est à nous, il nous aime, il nous cherche
Et de l'être à son tour c'est tout ce qu'il recherche ;

Alors, il s'établit dans cette intimité
Un si fort sentiment de solidarité
Qu'il ne voit plus qu'en nous ce bien qui le fascine
Et c'est à ce moment qu'il comprend ou devine,
Car il se livre entier, confiant et vaincu
Par la grande amitié dont il est convaincu.
Arrivés à ce point, c'est de la gymnastique
Qu'il nous faut essayer. C'est un travail mimique
Qui consiste à former par la bouche et les yeux
Bien des expressions ; toutes sortes de jeux.
Après, nous commençons l'émission du souffle
Mais, malheureusement, cet exercice essouffle
Et cause quelquefois du découragement
Si le sujet n'est pas d'un bon tempéramment.
Enfin, nous abordons l'émission vocale.
C'est ici qu'est l'écueil, car, la raison orale
Pour lui n'existe pas ; il ignore les sons ;
Et c'est par le toucher que nous établissons
Un courant qui provoque et les nerfs et la fibre ;
Alors l'organe sent et doucement il vibre.

Mais afin d'obtenir ce premier résultat,
Dieu sait l'amour qu'il faut apporter au combat ;
Car, il faut bien aussi, Monsieur, que je vous dise
Qu'en signes, la leçon ne nous est pas permise.
Ce système est douteux. Dans le dernier congrès,
Très peu l'ont soutenu ; tous, marchant au progrès,
Nous avons résolu d'abondonner les gestes,
Et les signes, depuis, sont taxés de funestes.
Dès lors, le professeur ne doit en faire aucun
A part, bien entendu, l'instinctif et commun.

Cette suppression est une bonne chose
Elle contraint la voix, la suscite et l'impose

Tandis qu'en connaissant un tout autre moyen
L'élève s'y repose et ne vous dit plus rien.

La démonstration presque magicienne
De toute une méthode et d'un vrai phénomène
Faite en si peu de mots, faite si simplement,
Produisit en moi-même un double étonnement.
— J'étais, d'abord, surpris de cette découverte,
Qui quoique indéniable encore déconcerte
Et j'étais enchanté d'entendre cette voix
Si précise, si douce et frappante à la fois.
— Voici les plus petits, dit en ouvrant la porte
Mon charmant Gabriel : Entrez je vous escorte.
Aussitôt, comme un seul, tous les enfants debouts,
Et leur bon professeur qui s'avance vers nous,
Echange des saluts, un peu de politesse ;
Et puis, le Directeur, parlant à la jeunesse :
Amis ! dit-il, Monsieur, vient ici pour vous voir,
Je crois qu'il vous plaira de lui faire savoir
Que vous avez appris, non seulement à lire,
A calquer, découper, compter et même écrire,
Mais encore à parler clairement, comme il faut,
Et que vos sons n'ont plus un seul petit défaut.
D'abord, assoyez-vous. A toi, voyons Emile
De quel pays est-tu ?
                        L'enfant d'un air tranquille
Répète en épelant l'interrogation
Afin de mieux pouvoir saisir la question ;
Puis répond, souriant, d'une voix gutturale :
— Je suis de Saint-Mar-tin.
                        Laissant une intervalle

Entre chaque syllabe et le son n'est pas clair.
Mais pour l'encourager on lui dit — Bien ! mon cher.
— A présent, suis-moi bien, vois ce que je vais faire.
Alors le Directeur, pose sa tabatière
Sur la table et lui dit : — Maintenant qu'ai-je fait ?
L'enfant calcule un peu, puis, dit d'un air distrait :
— Frère Paul a posé ta ba tière sur ta ble.
Tu me manges des mots, voyons, sois raisonnable ;
Dis-ça mieux, qu'ai-je fait ?
       Frère Paul a posé
Sa ta ba tière sur cette ta ble.
        Pincé !
Mon charmant rossignol, mon petit enfant sage ;
Tu parles gentiment. Puis à moi, « Pour son âge. »

A toi, voyons, Louis, à ton tour maintenant :
Fais bien attention. Et le Directeur prend
Entre le bout des doigts, de tabac une prise ;
Mais ne la prisant pas, ménageant la surprise :
— Qu'est-ce que j'ai fait ? dis bien ça, là, réponds.
— Frère a pris une prise.
       — Ah ! ça mais non, voyons !
Frère a pris du tabac.
      C'est parfait, bien, je t'aime.
Il prise et continue en s'adressant au même :
Qu'ai-je fait maintenant ?
      Là ! Tu viens de priser.
Très bien ! Voilà comment il faut décomposer.

Dans cette salle on voit toutes sortes d'images
Et de choses servant aux plus fréquents usages,
Les enfants ont ainsi constamment sous les yeux
Tous ces divers objets pour qu'ils comprennent mieux.

Frère Paul, dit, — allons, Marcel, prends la baguette
Et viens nous faire voir ce qu'est une casquette.
Le petit vers le mur, va, la main sur son front,
Puis, tout à coup montrant au bout de son bâton
S'exclame :
      La voilà !
                 C'est parfait ! A toi Charles.
Quel est des animaux le plus utile : parle ?
Celui-ci du regard, désigne l'animal
Et répond sourdement,
                 C'est le.... c'est le cheval.
Je suis content de toi. Passons à l'écriture,
Et de notre examen ce sera la clôture.
Tous, prenez vos cahiers ; répondez par écrit
A ce que je vais dire, un seul mot nous suffit.
Demande « Que voit-on au dessus de la terre ? »

Plusieurs mirent « de tout » le plus petit « ma mère ».
J'étais extasié, puis encore et toujours
Je disais au Cher Paul —Vraiment, sont-ils bien sourds?
Muets, je le comprends ; ça se voit à la gène
Qu'ils ont pour s'exprimer, mais comprendre sans peine
Tout ce que nous disons et qu'ils n'entendent pas,
Déroute mon esprit, le met dans l'embarras.

— Ils ont, certainement, l'oreille dépourvue
Du sens, hélas ! que trop, mais celui de la vue,
Qui souvent est chez eux déliclat et subtil,
Remplace autant qu'il peut les absents, me dit-il.
Or, nous tirons parti de tout cet avantage
En l'exerçant, d'abord, à bien scruter l'image ;
Ensuite, à préciser le moindre mouvement
Et nous fixons, alors, un point d'entendement.

Ainsi, quand nous parlons, ils lisent sur nos lèvres.
Mais que de patience et d'efforts et de fièvres
Faut-il pour obtenir ces quelques résultats;
Je n'ai rien dit : Pardon! cela ne se dit pas.
Il vaut mieux aller voir notre première classe,
Son instruction prend un peu plus de surface ;
Les élèves ont tous de seize à dix-huit ans
Et comme vous pensez ne sont plus des enfants.

Sur ce nous arrivons.

          Messieurs, une visite
Qui vous flatte beaucoup, dit Frère Paul bien vite.
Je me fais un plaisir de présenter Monsieur
A vous, mes bons amis, à vous, cher professeur ;
Et tous, très poliment, à la fois s'inclinèrent.
Je saluai du mieux, puis ils se replacèrent.
Le Directeur reprit : c'est pour examiner
Que monsieur est ici, donc, veuillez raisonner.
— Voyons, mon ami Jean, dis, qu'est-ce que le verbe ?
L'élève répondit d'une façon superbe :
J'entends, ça va sans dire au point grammatical
Car, malheureusement, le son est guttural.
— Je vais t'interroger sur la géographie :
Dans quel département se trouve l'Italie ?
Le garçon souriait mais ne répondait rien.
— Serait-ce parce que tu ne le sais pas bien ?
Cherche ! dit Frère Paul ; Jean, avec assurance :
— Aucun département ne tient une puissance.
— Parfait ! c'est bien compris, tu me fais grand plaisir,
Ah ! je le pressentais que tu saurais saisir.
Nous aurons un bon jour aujourd'hui ce me semble,
Je le comprends, je vois qu'aucun de vous ne tremble.
Auguste, à toi, voyons, va tracer au tableau

Un vrai commandement, et cela d'un seul mot.
Le jeune homme, pensif, vers le panneau s'avance
Et puis écrit, Marchez !
                    Je le savais d'avance,
Lui dit le Directeur, que tu réussirais ;
Tu travailles beaucoup, va, je le reconnais.
Voyons si tu sais bien le système métrique :
Dis combien pèserait une pleine barrique
Contenant un hecto de liquide pesant
Ce que pèse l'eau simple, à part le contenant.
L'élève pose cent, réfléchit et calcule
Mais ne peut pas trouver quelle est cette formule,
Puis répond rayonnant : — Pèserait cent kilos.
— Parfaitement, c'est ça, c'était dans quatre mots,
Lui dit le bien cher Paul et je te félicite.
A l'écrit maintenant, et que chacun médite ;
Vous écrirez d'un mot votre réflexion.
Comprenez bien le sens de cette question
La voici ; « Que voit-on au-dessus de la terre ? »
Certains mirent « les cieux » et d'autres « la lumière. »

Sans doute Frère Paul, en demandant cela,
Voulait sonder leur âme et la juger par là.

De plus en plus surpris de cette expérience,
Je me rendis heureux à la claire évidence;
Car, certes, il m'était doux de me voir démontrer
Que du bien il ne faut jamais désespérer.
J'étais content, aussi, de leur humeur joyeuse,
De leur franche gaîté, de leur bouche rieuse
Qui m'avaient, tout d'abord, si gentiment frappé
Et dont j'étais, avant, comme préoccupé.

En effet, j'avais craint de voir des enfants tristes
Méfiants, inquiéts, bizarres pessimistes,
Boudant à tout le monde et maudissant leur sort,
Tandis que sont eux qui rient le plus fort.
Aussi, dis-je au cher Paul, mais comment peut-on faire
Pour obtenir cela ? c'est extraordinaire ;
Comme ces jeunes gens sont gais, insouciants,
Et comme ils sont, surtout, soumis, obéissants.

Ah ! c'est que, voyez-vous ? me dit-il, la tendresse ,
Que nous avons pour eux fait plus que notre adresse;
Ils n'ont jamais subi, même par le regard,
Ni menaces, ni peur, ni rien de notre part.
Ils sont nos vrais amis, le savent ; et nous sommes
Pour eux, non seulement, des frères et des hommes,
Mais des mères, des sœurs, qui les aiment toujours
Leur prodiguant sans cesse et douceurs et secours.
Nous ne les quittons pas, nuit et jour, à toute heure ;
En promenade, au jeu, ou dans cette demeure
Nous vivons avec eux, les entourant de soins
Et chassons de leur cœur l'inquiétude. Au moins,
Combattant le malheur par le bon caractère,
Ils acceptent leur sort et leur peine est légère.
C'est à ce résultat que nous tenons le plus,
Alors les autres biens leur viennent en surplus ;
Puis, la religion leur donne l'espérance ;
Ils sentent que le ciel sera leur récompense
Et remercient Dieu de leur infirmité
Puisqu'elle leur vaudra la douce éternité.
En partant de ce point, les bonheurs de ce monde
Ne comptent plus pour rien ; pas même la faconde ;

Il leur suffit de vivre estimés, désireux
De gagner, simplement, leur pain pour être heureux.
Pour atteindre ce but, notre école est pratique
Et contient, de par là, son complément logique.
Chacun de ces enfants, ici prend un métier,
Et peut y devenir un passable ouvrier.
Nous avons la couture et la cordonnerie,
Des peintres, des tourneurs, même l'imprimerie,
Et dans chaque atelier, des chefs intelligents
Qui pour leur personnel sont toujours bienveillants.
Ainsi nous achevons notre œuvre humanitaire,
Contents d'avoir aidé pour le plus nécessaire
Et d'avoir élevé, l'enfant qui n'était rien,
Jusqu'à la dignité de l'homme et du chrétien.

— C'est beau cela cher Frère et je tiens à vous dire
Que je vous remercie, et que je vous admire,
Car, vous m'avez forcé de croire à la vertu,
Alors que mon courage était presque abattu.
Ces instants de bonheur où mon âme ravie
A contemplé votre œuvre, embelliront ma vie,
Car ils viendront souvent, je crois, dans l'avenir
Occuper mon esprit de ce beau souvenir.
Je voudrais bien, aussi, pouvoir dire à vos Frères
A ces vaillants héros des batailles austères
Combien je suis touché, combien je suis heureux
De les savoir si bons auprès des malheureux.

— Mais les voici, tenez, ils viennent tous les douze ;
Ils ont eu comme vous l'intention jalouse
De venir vous revoir, de vous serrer la main
Avant de s'en aller promener notre essaim,

Car ils vont tous partir pour la grande Chartreuse
Afin d'y présenter la phalange rieuse.

Monsieur, me dit l'un d'eux — Agréez nos saluts;
Nous allons vous quitter, car suivant les statuts,
Nous devons au Couvent conduire la jeunesse,
Mais de venir encor, faites-nous la promesse.
— Frères, merci d'abord de me faire l'honneur
De me dire au revoir. J'accepte avec bonheur.
Je reviendrai, sans doute, admirer votre ouvrage,
Mais veuillez maintenant, agréer mon hommage
Car, de votre travail, je suis émerveillé.
Votre grand dévoûment, de faste dépouillé,
Vos vertus, vos talents, votre belle constance,
L'amour qui vous attache au malheur, à l'enfance,
Forcent toute mon âme à l'admiration
Et portent dans mon cœur la douce émotion.
   Allez ! persévérez dans votre œuvre sublime
Et réjouissez-vous dans la pensée intime
Que vous êtes ici, les continuateurs,
De ceux que l'honnête homme appelle bienfaiteurs.
De Saint Vincent de Paul, les plus dignes émules,
De l'abbé de l'Épée enseignant les formules,
Vous avez tout comme eux, le grand amour du bien,
La Charité pour guide et la Foi pour soutien.
Ah ! félicitez-vous de votre destinée,
Soyez fiers de servir dans cette sainte armée
Que dirigent d'en haut des chefs si radieux,
Et de n'être soumis qu'à des ordres des cieux.
Pensez aussi que l'homme intelligent et sage,
Qu'il soit croyant, ou non, respecte votre ouvrage ;

Car, il sait bien, au fond, que de l'humanité
Vous avez tous, ici, noblement mérité,
Que le fort sentiment de votre noble tâche,
Maintienne dans vos cœurs, un zèle sans relache,
Que la vive amitié de ces enfants chéris,
Vous rende plus légers ces sévères lambris.
Espérez et vivez; que la reconnaissance
De la terre et du Ciel soit votre récompense;
Que votre rabat bleu taillé dans le ciel pur,
Au blanc manteau Chartreux, reflète son azur
Comme un tendre bleuet se mirant dans la neige,
Et que leur pureté, désormais vous protège
Contre tous les dangers, par son éclat puissant,
Comme votre vertu protège l'innocent.

Jules CASSINI.

Manosque, Septembre 1888.

www.ingramcontent.com/pod-product-compliance
Lightning Source LLC
Chambersburg PA
CBHW061731180626
46818CB00006B/2554